KB092522

멈춰 서서

立ちどまって

ⓒ 李禹煥

멈춰 서서

이우환 시집
성혜경 옮김

현대문학

차례

제1부

진폭
1988~2000년

제2부

나무 옆에서
1986~1998년

제3부

시간의 여울
1970~1987년

제4부

발뒤꿈치 밑
1970~1984년

제5부

유적
1959~1969년

제6부

소년
1952~1956년

제1부

진폭

1988~2000년

긴자(銀座)

나는 긴자 언저리를 걸을 때면, 삭막한 사막을 떠올린다. 빌딩, 간판, 사람들, 차들이며 온갖 것들이 북적북적 우글거리고 있는데도 말이다.

이 거리가 통일성이 없고 어수선해서라기보다, 아마도 존재함의 불확정성, 무한한 가변성의 도상途上의 표정이 농후하기 때문이리라.

자연과 겨루며 버티고 있으려는 부동의 의지보다 언젠가는 혼돈으로 허물어져버려, 마침내는 공무空無의 장소가 될 것만 같은 예감이 감돌고 있다.

그렇기에 긴자의 산책은, 나라는 존재 또한 아득한 사막의 도정道程에 있어, 이윽고는 한쪽의 파편임을 아스라이 떠올리게 해주는 것이다.

그림에 대해서

하얀 캔버스에 붓의 터치에 의한 하나나 두 개의 회색 점.

사람들은 이 그림을 보고 있으면 무언가 사막을 떠올리게 된다고 한다.

오랜 시간에 터치는 증발하고 끝내는 캔버스도 너덜너덜해져 없어지는 느낌인가 보다.

이는 주변의 벽이나 사물, 나아가 보는 이마저 침식하여 마침내는 무無로 돌아감을 암시하고 있기도 하다.

　만일 그렇다면 그림이란 그러한 방향의 과정의 환한 마디라고나 할까.

　아니면 유有라고도 무無라고도 규정짓기 어려운, 하지만 선명한 틈새라는 것인가.

그리는 일

내가 그림을 생각해냈다 하여 그림이 나인 것은 아니다.
그림이 내 손을 빌렸다 하여 내가 그림인 것은 아니다.

내가 그림을 그리고 있으면, 어느새 그림이 내게 그리게 하
고 있다. 다시금 내가 그림을 그리지만, 그러다가 정신을 차려
보면 또 그림이 내게 그리게 하고 있다.

나와 그림 사이에, 무언가가 왔다 갔다 하는 듯하다. 내가 의식하여 그림을 그리거나, 혹은 반대로 그림에게 맡긴 채로 그려버리면, 그 무언가가 터트려지지 않게 된다.

　작품이 불가사의한 힘으로 가득 차 보이는 것은, 대개 나와 그림이 겨루었던 것이다. 이 텐션과 밸런스의 무언가가 나를 화가이게끔 한다.

눈길

　언젠가 내가 돌을 보고 있자니 눈길은 돌 저쪽으로까지 꿰뚫어 나가고 동시에 돌의 눈길 또한 내 등 뒤로까지 꿰뚫어 나가는 것이었다

이윽고 두 개의 눈길이 서로 뒤돌아보았을 때 그곳엔 나도 돌도 없고 투명한 공간만이 펼쳐져 있었다

진폭

자코메티가 모델에게 육박해가면, 동시에 모델 또한 자코메티에게 닥쳐온다. 자코메티는 자꾸자꾸 내처 가 이윽고 모델 너머까지 나아간다. 그때 모델 또한 점점 돌진해서, 자코메티를 지나 훨씬 이쪽으로까지 전진해버린다. 도전해가는 힘과 덤벼오는 힘이 세차게 겹쳐지는 가운데, 두 개의 대상은 깎여나가, 마침내 하나의 뼈가 되어 남겨진다. 이렇게 해서 생긴 대립의

축은, 자코메티를 넘고 모델을 넘어서 ──. 그것은 끊임없이
커다란 진폭을 불러일으키고, 스스로를 공간의 펼쳐짐 속에 숨
겨 지운다. 자코메티는 이것을 거리의 절대성이라 일컬었다.
이러한 시선에 따른다면, 본다는 것은 대상과 자신의 치열한
사랑의 운동이 겹치어, 드디어 투명한 여백이 된다는 것인가.

조각

나는 언제나 무언가에 흔들리기를 바라고 있다.

예를 들면 자연에서 빌려 온 돌을 약간 인간 쪽으로, 인공적으로 만들어진 철판을 약간 자연 쪽으로 끌어당기는 방법으로 나를 흔들어본다.

그리하면 나와 돌과 철판의 어울림은 각각의 부풀어짐과 어긋남을 일으켜 거기에 뭐라 이를 수 없는 공진共振의 세계가 열린다.

나는 가늠하기 어려운 이 떨림 속에서 흔들리지 않는 커다란 공간을 보게 된다.

종잇조각

카페 밖 저쪽의 지면地面에, 엽서 크기만 한 종잇조각 하나가 바람에 움찔거리고 있다. 사오십 분간을 조금씩 이쪽으로 나부끼고 저쪽으로 구르면서 이삼 평방미터 안을 이리 갔다가 저리 갔다. 그저 그뿐인 광경이다.

그런데 나보다 먼저 근처에 앉아 있던 중년 부인도 그걸 보고 있었던 모양이다. 그것이 무언가를 떠올리게 했는지, 슬며시 일어나 내 쪽으로 미소를 보내면서 자리를 떴다.

아, 저 여자는 움찔거리는 종잇조각에서 무엇을 보고 있었을까? 언뜻 이런 생각이 들자, 그녀의 미소의 의미가 나를 사로잡았다. 종잇조각은 계속해서 움직이고 있는데, 지금까지 선명하게 보이던 것은 사라져 있다.

어쩌면 거기에 보이던 것을, 그 여자가 가로채 간 것일까. 어쨌든 종잇조각과 나의 순수지속純粹持續은 깨져버리고, 잊고 있었던 볼일이 생각나 나도 카페를 나왔다.

전이轉移

강가의 무수한 돌들 사이에 서면, 가슴이 뛰고 머릿속에 한 순간 번뜩이는 것을 느낄 때가 있다. 아, 이 돌과 저 철공장의 그 철판을 짜 맞추면 근사한 것이 되겠네.

서로 오랜 세월, 그야말로 무관한 곳에 살아왔던 것이, 어떤 '인因'이 있고 '과果'가 있어선가 하나의 장소에서 어우러진다.

강가의 연관 속에 있던 것과 철공장의 연관 속에 있던 것이, 한 조우자遭遇者에 의해 화랑 공간에 옮겨져, 또 다른 연관으로 살게 되는 것이다.

때로 작품을 만든다는 것은, 하나의 명운命運에 입회하는 일이며, 그곳에서 새로운 생명이 태어나는 일이기도 하다.

　어쩌면 강변의 돌과 철공장 철판의 서로 부름 속에서, 오히려 내가 뽑히어 그들의 세계로부터 삶을 얻게 됨을 의미하는 것은 아닌가.

돌과 나와

돌이 거기에 있다.
내가 여기에 있다.
바로 마주 보고 있자니 겸연쩍다.
돌과 통하기 위해서는 무언가의 주선이 필요한 것 같다.
　시문詩文 한 구절, 바람이 스치는 소리, 또는 한 여인, 하얀
공간이라든가.
　나와 돌은 제삼자를 한 모서리에 놓은 삼각관계의 겨룸 속에
서 서로를 부른다.

그러면 어느새 나 자신이 시문이거나, 바람이거나, 여인이거나, 공간이거나, 그러는 사이에 돌이기도 한다.
 돌도 나도 사라져 제삼자만이 마주 보는 것 없이
 거기에 있는 것인 양하다.
 아니, 있는 건 삼각관계 자체라고나 해야 하나?
 어느덧 이런 망상이 걷히자 웃음이 나온다.
 돌이 거기에 있다.
 내가 여기에 있다.

카페에서 1

사람들로 북적이는 카페에서 담배를 피우며 커피를 마시고 있자니, 내 맞은편 자리에 아프리카인인 듯한 몸집 큰 흑인 할머니가 앉는다. 그녀는 말을 못하는지 가르송에게 내 커피를 손으로 가리켰다. 잠시 후 커피가 나오자, 그것을 마시며 담배를 꺼낸다. 그러나 그건 마지막 남은 한 개비로 그나마 부러져 있다. 무심코 바라보고 있던 나는, 내 담배를 그녀에게 권하며 성냥으로 불을 붙여주었다. 할머니는 눈인사를 하고 맛있게 담배를 피우면서 미소를 짓는다. 부드러운 마주 봄이 이어졌다.

어느덧 나의 시선은, 그녀의 어깨 너머로 저 멀리 아프리카의 초원으로 향한다. 어쩌면 그녀의 시선 또한 나의 어깨 너머 먼 아시아의 어딘가로 향한 것이었을까? 서로가 보고 있는 시공時空의 폭 안에 둘은 있었던 것처럼 생각된다. 한 시간도 지나지 않았건만, 아득한 시간이 흐른 것만 같은 느낌이다. 손자인 듯한 소년이 와서, 할머니를 손짓했다. 그녀는 내게 손을 내밀어 악수를 나누고는 천천히 카페를 나갔다.

카페에서 2

걷다가 지쳐
자그만 광장의 햇살 바른 카페에 앉으면

오래된 빌딩이며 길을 가는 사람에 둘러싸여
큰 아카시아 나무가 유유히 서서
쉴 새 없이 바람에 흔들리고 있다

그 옆에 분수가 한 대
힘껏 뿜어 올린 물이 곡선을 그리며
무거운 양 낙하하고 있다

이런 광경 앞에 있으면
왠지 커피가 묘하게 단 듯 쓴 듯
저도 모르게 자신을 되돌아본다

오후의 종소리에
빈 잔을 들어 올리면 웃음이 넘쳐 흘러나

커피

　카페에서 한가로이 주문한 커피를 기다리는 동안, 문득 딴 약속이 생각나 커피 값을 놓고 서둘러 밖으로 나왔다. 그리고 친구와 만난 카페에서 또 커피를 주문하게 되었다.

　아까는 나를 위해 내온 커피가 빈 좌석에 덩그러니 남겨져 가르송은 그것을 주방으로 도로 가져갔을 테지. 그리고 아무런 거리낌도 없이 개수대에 쏟아버렸으리라.

친구와 마주하며, 내가 달아났기 때문에 무용지물이 되어 버려졌을 커피에 대해 의견을 물었다. 그러자 그는, 난 그런 일에 끼어들고 싶지 않다며 자기를 지키는 자세다.

그나저나 지금 눈앞의 커피를 마시면서, 그 떠버린 커피를 생각하는 나 자신을 어쩌면 좋은가? 나는, 이쪽과 저쪽으로 찢겨져, 이중의 부재不在에 빠져버린 것인가?

오후

밝은 오후에는
집을 나서고 싶어진다

어둑한 지하 찻집에서
먼저 온 손님이 만화책을 넘기고 있다

혼탁한 커피를 들이켜고 있으면
더 깊숙이 계단을 내려가고파

체념하고 계단을 올라오면
노상은 온통 만화 천지

내 장면이 떠오르지 않아
에잇 낄낄 웃어버려라

밝은 오후가 저물어
나는 집으로 돌아서야 하나

무제

아프리카 깊은 산속에 아이가 태어났다
뉴욕의 고층 빌딩에서 고양이가 떨어졌다
가마쿠라〔鎌倉〕의 연못에 연꽃이 피어 있다

그때 난 아틀리에에 틀어박혀
하얀 캔버스 앞에서 심호흡을 하고
붓으로 커다란 점 하나를 찍었다

전시회에서 어떤 이는 이 그림을 아침이라 한다
어떤 이는 이것은 밤이라는 건가, 라고 중얼거린다
또 어떤 이는 묵묵히 지나간다

아이와 고양이와 연꽃과 그림 따위가
천지에 문제 될 리야 없지 않은가
그래도 한바탕 웃으니 눈물이 나려 한다

텔레비전
—돌에게 바치다

뉴스가 끝나 텔레비전 스위치를 끄고 멍하니 있었다. 밖에서
돌아온 아내가, 뭘 보고 있지요, 한다. 움찔해진 나. 옛 애인 생
각에 잠기기라도 했었나. 아내는 웃으며, 눈앞의 텔레비전이
불쌍하네요. 음, 그러고 보니 멍청한 건 나로군. 왜요? 당신이

나를 보기까지 나는 딴생각에 빠져 있었으니까. 그렇다면 당신에게 눈을 판 나는 뭐예요? 자기 자신으로 있기란 어려운 일이네. 자신 같은 건 내다 버리는 게 좋아. 꺼진 텔레비전이 되고싶구먼.

등 2

시간인지 공간인지도 헤아리기 어려운
수상쩍은 형이상학의
짐을 짊어지고

언제나 서로의 등을 보이며 사는
그 이름을 인간이라 하던가

'나는' 이라고 말할 때

'나는' 이라고 말할 때 그 안에
나 자신은 들어 있는 건가

'나는' 이라고 말할 때 그 안에
주위의 것들은 끼지 않는 건가

'나는' 이라고 말할 때 그 안에
미지의 산하山河는 들어 있는 건가

'나는' 이라고 말할 때 그 안에
어제의 사자死者들은 끼지 않는 건가

'나는' 이라고 말할 때 그 안에
내일의 나는 들어 있는 건가

'나는' 이라고 말할 때 그 안에
내가 아닌 것은 끼지 않는 건가

뻐꾸기

뻐꾹 뻐꾹
뻑뻑 꾹

뿌꾹 뿌꾹
뿍뿍 꾹

뻐꾹 뿌꾹
뻑뻑 꾹

뻐꾹 뻐꾹
뻑뻑 꾹

세 가지 음료

낮에는 몇 번 우려낸 엽차나 마시고
고집을 좀 부려보자

밤에는 마법의 와인이나 마시고
뇌꼴스러운 시인이 되어보자

아침에는 깊은 샘물을 마시고
몸을 청결히 하고 감사드리자

제2부

나무 옆에서

1986~1998년

양의兩義의 눈

　　뉴욕 엠파이어스테이트 빌딩 옥상에서 거리를 내려다보면, 빌딩이나 길들이 바둑판처럼 늘어서 청결하고 정연하게 보인다. 명쾌하면서 메카닉한 도시 구조를 아름답다고 생각한다. 한편, 이 만들어진 질서는 지나치게 부동不動의 모습으로 어딘가 광적으로 비치기도 한다. 한동안 바라보고 있자니 내 눈에는 이런 반듯한 거리에도 어수선하게 뒤섞인 인종人種의 다이내믹한 색조라든가, 백일白日하에서도 어둡고 종잡을 수 없는 미궁 속을 서성거리는 인간이 보이는 것이다.

　　부산의 용두산 위에서 거리를 내려다보면 아수라장을 방불케 빌딩이며 길들이며 온갖 것들이 뒤죽박죽으로 뒤얽혀 있다. 무계획적이고 난잡한 도시 구조를 추하다고 생각한다. 다른 한편으로, 이 되는 대로 방치된 혼돈은, 어딘가 한없이 변화의 조

짐을 품고 있는 듯, 묘한 자유로움으로도 비친다. 한동안 바라
보고 있자니 내 눈에는, 이런 엉망진창인 거리에도 골목 구석
구석까지 바람이 스치고 햇살이 비추고, 따뜻이 인사 나누며
오가는 의리 있는 사람들의 몸짓이 보이는 것이다.

  보는 것을 둘러싼 도시 구조의 드라마로 말하자면, 뉴욕의
숨겨진 부분이 부산에서는 드러나 있고, 부산의 숨겨진 부분이
뉴욕에서는 드러나 있는 셈이 된다. 말끔히 정리된 광경을 눈
앞에 하면, 그곳에 지워진 혼돈을 되찾으려 하고, 내던져진 난
잡한 광경을 눈앞에 하면, 그곳에 보이지 않는 질서로의 시선
이 작동한다. 눈의 오묘함이란, 그곳에 있는 것을 선호하기보
다는, 있는 것에 없는 것을 겹쳐서 보려고 하는, 시선의 양의兩
義적인 터트림에 있는 것일까.

가마쿠라 [鎌倉]

가마쿠라에는 오래된 청동 대불大佛이 있는가 하면, 새 시멘트 날림의 대관음大觀音도 있다. 이 아귀 맞지 않는 광경으로 엮어진 곳에 살면서, 나는 스스로를 가늠하지 못해 머리에 혼란을 일으킬 때가 많다. 그래서 의식적으로 보는 대상을 한정하고, 드나드는 가게도 정해놓고 걸어보기로 한다. 그러면 옛것과 새것이 매치되어, 그런대로 상큼한 공간이 펼쳐진다.

그런데 시내를 거닐다가 관광객이 가게를 물어오면, 무심코 키치한 집으로 안내할 때가 있다. 또, 도쿄에 볼일이 있어 역으로 향하는 도중에, 아름다운 절 앞을 멍청하게 지나쳐버리기도 한다. 어째서 상큼한 공간을 그리면서도 종잡을 수 없는 인간이 되곤 하는가. 청동 대불과 시멘트 대관음 사이에서, 오늘도 얼마나 더 이랬다 저랬다를 되풀이해야 하나?

수목 점占

그곳의 나무가 선명히 보이는 날이 있고
단지 그곳에 있을 뿐인 날이 있다

그곳의 나무가 선명히 보이지 않고
단지 그곳에 있을 뿐인 날은
어쩌면 사람들로부터 무시나 욕설을 뒤집어쓸지도

그곳의 나무가 단지 그곳에 있을 뿐이 아닌
자꾸만 선명히 보이는 날은
어쩌면 소매치기나 교통사고를 당할지도

무시도 욕설도 뒤집어쓰지 않고
소매치기도 교통사고도 당하지 않고
모든 것이 잘 풀리려면 어찌해야 좋은가

우선 당신이 나무에 다가가지 않으면 안 된다
보는 짓을 깨고 끌어안는 수밖에 없다
한 그루의 양의적兩義的인 나무가 되는 수밖에 없다

항상 선명히 보이는 것이면서
동시에 그곳에 있을 뿐인 것이면 된다

나무 4

어쩌다 바람에 너울거리는 나무와 흔들리는 나의 눈길이 만
난 순간 나는 멈춰 선 나무가 되고 나무는 걷는 내가 된다

이리하여 나와 나무는 그곳에 있으면서 어디론가 돌아다니
는 옮아 탄 운명의 공간을 이루게 된다

나무 3

나무는 멈춰 선 채로
바람을 맞으며 흔들리는 폭 안에서

끊임없이 세계를 여행한다

산진달래

봄이 되면, 온통 진달래로 뒤덮여 연분홍색으로 야릇하게 흔들리는 산을 떠올리곤 한다.

그래서 몇 년 전인가, 가까운 정원수 가게에서 산진달래를 얻어다 마당에 심었다. 해마다 연분홍색 꽃이 피기에 때로는 그걸 한 송이 컵에 꽂아 방에 들여놓기도 한다.

어느 틈에 나의 내부에도 진달래가 핀다.

나는 진달래의 길을 생각한다.

진달래가 먼 산에서 나의 내부로 들어왔다는 것은, 내가 내부에서 방으로 마당으로 산으로 거슬러 올라가는 것이기도 하다.

책상 위의 한 송이 진달래와 마주하면, 잃어버린 나날들이 되살아나고, 이곳에서 저곳으로, 저곳에서 이곳으로, 아득한 거래去來의 여행이 시작된다.

공원의 벤치

공원의 벤치에 앉아 창망한 하늘을 바라본다
허공을 본다는 것은, 그쪽에 이쪽이 보이고 있다는 것이다
허공에는 시점이 없기에 나의 시선은 어디까지든 넓게 퍼져
간다

허공이 이쪽을 볼 때도 그 시선은 나뿐만 아니라 온갖 것을 꿰뚫고 어디까지든 퍼져 나가는 셈이다

하늘을 볼수록 점점 하늘은 커다란 나이고 나는 하늘의 조각이다

창망한 하늘에 공원 벤치가 떠 있다

보이는 것

일본 여관의 휑그렁한 회반죽벽의 다다미방. 그 한 모퉁이에
자그만 꽃 한 송이가 환하게 꽂혀 있다. 그것뿐이건만 왠지

방보다 크고 아련하게 여백이 퍼진다. 이 공간에 젖어들면 고요히 보이는 것이 있어, 문득 사람은 투명해진다.

나무를 바라보며

마당 앞의 나무와 눈이 맞아 연신 바라보고 있음은, 보이지 않는 캔버스에 그림을 그리는 일이다. 그때, 나무의 시선 또한 같은 캔버스의 그림에 참가한다. 그렇기에 나와 나무는 호응하거나 거부하거나 겹치거나 어긋나기도 하면서, 불협화음을 연주하며 하나의 화면을 이루어내는 것이다.

그런데 나무를 바라보는 나의 시선은, 나무의 윤곽에 부딪혀 캔버스로 반드시 되돌아오는 것은 아니다. 자꾸자꾸 나무 너머까지 나아가 마침내 행방을 감추기도 한다. 이는 나무의 시선이 나의 그것을 꼬여내어 함께 놀러 나가는 모양으로, 그렇기에 눈앞의 나무는 보이지 않게 되고 막연한 공간이 펼쳐지고 만다. 그건 아마도, 나 자신도 보이지 않는 것이 되어, 막연한 공간 속에 양자兩者는 부재不在인 셈이다.

한동안 나무와 나의 시선은 구름 속이나 별들 사이 어딘가를 노닐다가, 돌연 각자의 자리로 돌아가, 쉬기도 하고 그림에 대한 것 따위는 잊어버리기도 한다. 그러다가 또 어느 쪽인가가 그림을 떠올리면, 금세 서로가 서로를 부르게 되고, 시선들은 중간 지점인 캔버스에서 만난다.

다시금 그림에 착수했을 때, 사이좋게 그리기도 하지만 대개는 나무를 밀어젖히고 나로서만 그리거나, 어떤 때는 내가 따돌림 당한 채 나무로서만 그리기도 한다. 호응하거나, 거부하거나 해도 가능한 양자가 함께 그리는 편이, 보다 재미있고 큰 그림이 될 것은 말할 나위도 없다.

그런데 점차 그림이 마무리되어 갈수록, 나와 나무는 놀라고, 그리고 당혹해한다. 그림 쪽이 모양새를 갖추게 되면서, 독립하여 제멋대로 걷기 시작하기 때문이다. 그림이 살아 있는 것이 되어 어느 쪽의 말도 듣지 않을뿐더러, 나무에게도 나에게도 막아서서 덤벼온다. 나무는 나무로 돌아가고 나는 나로 돌아가, 은밀히 그림의 모습을 지켜보는 수밖에 없다.

보라. 이번에는 그림이 더 다른 사람들에게, 더 다른 나무들에게 호소하여 더 멀리 여행을 재촉하는 것이 아닌가. 나도 나무도 그림을 본받아 더 다른 상대를 찾아야 함을 알고, 서로는 마침내 부르기를 그만둔다.

이리하여 마당 앞의 나무에서 눈을 뗐을 때, 내 몸은 온통 나무 냄새로 한껏 불투명한 것이 되어 있다.

나무 1

광장의 카페에 앉으면, 눈앞에 커다란 나무가 있고, 언저리에 공간이 펼쳐져 있다.

옆자리에 아까부터 빨간 모자를 쓴 여인이 이따금 커피 잔을 울려가며 유난히도 나무 쪽을 향해 앉아 있다. 나는 덕분에 헛기침 한 번 하지 않고 거기에 없는 듯이 커피를 마실 수밖에 없다.

무슨 일이 있었던 걸까, 그녀의 발밑을 서성거리던 몇 마리의 비둘기가 우르르 날아올라 나뭇가지로 도망친다. 거뭇거뭇 하늘로 뻗은 잎사귀 없는 가지가 흔들려 비둘기들은 자리를 옮긴다.

바람이 이는가, 나무에서 떨어진 무수한 잎들이 이쪽저쪽에서 날아올라, 그야말로 이곳은 나무의 공간이다.

여인은 커피를 입에 머금고는 주위에 아무도 없다는 듯, 아이 써, 아이 써 하며 쉴 새 없이 투덜거린다. 보아하니 설탕을 넣지 않고 마시면서 불평을 하고 있는 것이다.

별안간 오후의 종소리가 울려 공간을 가른다. 이에 놀란 것인지 비둘기는 또 일제히 날아올라 어디론가 사라졌다. 이윽고 종소리도 바람도 멎고 나무는 흔들리지 않는다. 지면의 잎들은 움직이지 않고, 나뭇가지가 조용히 검은빛을 한층 더해갈 무렵 그녀는 자리를 떴다.

나는 옆자리의 텅 빈 의자와 마시다 만 커피를 보며 생각한다. 그녀는 자기로서 존재하려 한 나머지, 공간보다도 나무를 지나치게 바라본 것임에 틀림없다. 그러다 보니 공간에서 자신이 떠버려 주위까지 지워버리게 되었던 것이리라.

　나무는 그러나 한 순간이라도 그 자신으로 있지는 않는다. 이쪽이 무관심하면 할수록 나무는 자기를 내보이지 않고 주위로 열린다. 거기에 서 있으면서 가르송처럼 사람들의 주문에 응하여 흔들려 움직이고 그리고 보이거니 숨거니 한다.

　어쨌든 나무를 둘러싼 시각의 폭 안에 내가 있고 그녀가 있고 나무가 있었던 것은 확실하다. 실로 나무의 인연이라고나 할까, 이 열린 공간에 셋은 서로 어우러져 있었다. 따라서 내 안에 나무의 공간이 펼쳐지고, 그녀가 어느 틈엔가 떡하니 엉덩이를 내리고 있는 것이 아닌가.

　더 이상 나는 고독하게는 있을 수 없다. 이제부터는 어디로 가든, 나의 일부는 이 광장을 떠나지 않으리라. 그리고 언제나 이 나무의 공간과 더불어 여행을 계속할 수밖에 없다.

　그렇다면, 이웃을 지웠던 빨간 모자의 여인 또한 정체 모를 동행자가 된다는 것인가.

　광장의 카페 앞에는 커다란 나무가 있고 또한 공간이 있다.

나무 2

광장의 카페에 앉아 멍하니 있자니
바람도 없는데 그곳의 나무가 어렴풋이 흔들리는 한 순간이
있다.
그때 공간은 조금 비스듬히 기울고 모든 것이 미끄러져 내려
새하얀 커다란 캔버스가 된다.

허둥지둥 아틀리에로 돌아와 그림을 그리기 위해
나의 새하얀 캔버스를 펼친다.
그러자 아까 미끄러져 내렸던 나무나 잡동사니가
화면을 가득히 메우고 머리에도 비집어 들어
내 붓이 들어갈 틈 따위는 어디에도 보이지 않는다.

나무 옆에서

나무는 밝은 허공을 향해 서 있다
있는 힘껏 손을 들어 올려 벌리고 있다
이따금 바람에 맡겨 몸을 흔들어보거나
꽃을 피우거나 잎을 떨어뜨리거나, 그리고 가만히 있는다
여기서 누군가를 무언가를 기다리고 있는 걸까
아무 말도 없고 한 발짝 앞으로도 뒤로도 내딛지 않는다
나무는 불투명한 것으로 빽빽하게 채워진
어두운 깊은 지하에 뿌리를 내리고 있다
있는 힘껏 다리를 내뻗으며
아래로 아래로 향하며 서 있다

나는 멈춰 서보거나 손을 들어 올려보거나
그리고 마구 지껄여대며 걷거나 할 때가 많다
지상과 지하의 경계를 어슬렁거리고
하늘을 날거나 지하로 헤쳐 들어가보기도 한다
목숨이 있는 한 입 다물고 한자리에 서 있을 수는 없다
내 다리는 어째선지 평평하게 잘려 나가
보이지 않는 곳에 뿌리를 내리지 못한다
그래서 멈춰 서 있는 것 보이지 않는 것을
찬양하며 꽃이니 잎사귀니를 찾아다닐 수밖에 없는 것인가
수다와 걸음으로 침묵을 말하는 수밖에 없는 것인가

달

은색의 캔버스와 같은
작은 네모 마당에 나와
중천의 달을 바라본다

오른쪽으로 비켜 가는 달의 운행
한 걸음 앞으로 내디뎌보자
다음엔 왼쪽으로 한 발자국

달과 마주해도
나의 위치는 흔들리고
빛은 네모 마당 바깥까지 비추어

산과 나

나는 산을 본다
산은 나를 본다

어느덧 산에 나를 보고
내 안에 산이 부푼다

저기에 있는 산과
내가 본 산이
같지 않은 것처럼

이곳에 있는 나와
산이 본 나도
어긋나 있음에 틀림없다

그러나 나와 산은
서로 본다는 것의
공간 안에 있다

공간의 폭 안에서
나와 산은 어울리고
겨루어가면서
더욱 내가 되고
더욱 산이 된다

어느덧 산은 산으로 돌아가고
나는 나로 돌아온다

산은 나를 보지 않는다
나는 산을 보지 않는다

산정山頂 2

산정에 서면
양손을 앞으로 내밀어라

이윽고 하늘이 쏟아지면
품에 안고 산을 내려오라

가지 끝

가지를 따라 생각을 더듬어가면

기억이 끊어진 저쪽에 열린 봉오리

제3부

시간의 여울

1970~1987년

세월

소년 시절 나는 생각을 담아 하늘을 향해 곧잘 돌을 던지곤 하였다. 그러면 돌은 필사적으로 공기를 가르며 날아올랐다가, 이윽고 지상으로 선명하게 떨어져왔다.

그런데 돌과 함께 던져 올린 갖가지 나의 사념들은? 무중력의 머나먼 행성에서처럼 모두 둥실둥실 날아가버려 그 행방조차 알 길이 없다.

나이를 먹어감에 따라, 양손에 어깨에 자꾸만 쌓이는 것이 있다. 납가루 같기도 하고 빛 조각 같기도 한 무언가 희한한 것이, 무척 그리운 양 내 언저리에 끊임없이 내려앉는 것이다.

「소학」의 가락

子思子曰天命之謂性率性之謂道修道之謂敎

　두메산골에서 자란 나는 유년 시절 서당에서 중국 고전의 「소학」을 배운 적이 있다. 백발의 노老훈장은 언제나 노래하듯 리듬을 붙여 「소학」을 들려주고는, 아이들에게 그것을 수십 번씩 되풀이해서 한목소리로 따라 부르게 했다.

　구절의 의미에 대해서는 그다지 설명을 들은 기억이 없지만 읊어 내리는 가락만은 또렷하게 외우고 있다. 덕분에 마흔 고개를 넘은 지금도 「소학」의 몇 구절인가는 이따금 가락을 붙여 읊을 수가 있다.

얼마전 로스앤젤레스라는 뜻밖의 장소에서 나는 함께 서당을 다녔던 죽마고우 둘을 만났다. 그리고 오랜만에 같이 「소학」을 합창했다. 그런데 그때 희한하게도 외우고 있는 「소학」의 음색이 제각기 다르다는 것을 알고 놀랐다.

모두가 저 외딴 산마을을 떠나 동서남북으로 흩어져 각자의 시공간을 살아가는 동안, 저마다 바꿀 수 없는 자신만의 「소학」을 가지게 된 것이리라.

먼 훗날, 어딘가에서 다시 그들과 만나게 되면, 같은 구절을 읊으면서도 각자가 더 달라진 「소학」을 보여주게 될 것인가?

여름날에

푹푹 찌더니 매미 소리도 나뭇잎의 움직임도 멎었다. 열린 창가, 하얀 침대 위에서 가만히 기다린다. 눈을 감고 호흡을 가다듬는다. 마침내 바람 한 점 없는 우주의 한 순간이, 들이마신

숨결과 딱 겹친다. 무언가가 땀과 함께 일제히 뿜어 나온다. 몸이, 침대가, 방째 끝없이 녹아나가, 이윽고 모두 먼바다가 되었다.

백자 항아리

백자 항아리를 보고 있노라면 마치 싱그러운 예감 속에 있는 듯하다. 무언가가 다가오려 하는 것인가, 사라지려 하는 것인가. 야릇한 기척에 언저리의 공기가 떨리고 있다.

항아리는 어디쯤에 있는 것인가. 거기에, 아니 그 너머인가, 아니 아니 좀 더 앞인 듯. 바라볼수록 애매한 모습이 되어 한없는 크기로 부풀어간다. 딱히 대상이 있다는 것이 아니다. 물체라고도 관념이라고도 하기 어려운 것이, 혜아려지지 않는 세계를 숨 쉬고 있다.

몸통에 비해 얼마간 좁고 높다란 굽에 나지막이 크게 열린 입. 하얗게 윤기 도는 부드러운 감촉에, 팽팽함과 느슨함을 함께한 억양의 리듬의 둥근 모양. 아득한 세월을 떠올리게 하는 희미한 얼룩이며 무수한 상처 자국들. 흙과 사람과 시간이, 어떠한 서로의 부름과 거부를 펼쳐오면 이런 조선백자가 된단 말인가.

양손 가득히 안아 올리면 손가락에, 몸에, 머리 위에 차오르는 사랑. 눈을 감으면, 항아리 속에서 하염없이 넘치는 것이 있어, 끌어안는 자의 영혼을 적신다. 왜인지, 하얀 항아리는 소리 없이 울린다.

웃음을

스쳐 지나가는 차창 너머로 꼬마 아이가 이쪽을 향해 방긋 웃었다. 웃음을 되돌려줄 새도 없이 차는 사라져버리고, 나는 떠안은 웃음에 신바람이 나 걸었다. 웃음은 점점 내 안에서 부풀어 오르고, 문득 발아래 작은 조약돌 하나가 눈에 들어왔다. 나도 모르게 그쪽으로 빙긋 웃음을 건넸다. 자, 조약돌이 웃을 차례다.

전화벨

한창 그림을 그리고 있는데 전화가 울렸다.

도중에 손을 놓을 수 없어 필사적으로 붓을 놀린다.

전화벨 소리는 끊이지 않고, 그러더니 마구 캔버스 안으로 흘러들어온다.

나는 신경이 곤두서면서도 어느샌가 벨 소리에 이끌려 계속 그려간다.

끈질기게 울려대던 소리가 겨우 멎었을 때, 나도 붓을 놓았다.

그 후, 이건, 하는 그림 앞에 서면 거기서 불가해한 전화벨 소리가 들려온다.

도대체 누가 무얼 지껄이고 있는 것일까? 수화기가 된 그림에, 보이지 않는 전화의 그를 좇아 눈길은 가없이 그림 속을 헤맨다.

고추잠자리

여행지에서, 바람에 흔들리고 있는 깃발 없는 깃대 끝을 바라보고 있노라니, 먼 소년 시절의 일이 떠오른다.

전쟁이 끝나고 시골로 돌아가는 길이었다. 작은 냇가였다고 생각된다. 갓 묻은 것 같은 모양의 생생한 무덤이 있었다. 미군 병사 것인 듯한 무덤의 높은 표지판 끝에 한 마리의 고추잠자리가 앉아 있었다. 이윽고 잠자리는 하늘 멀리 날아가고, 표지판 끝은 텅 비어버렸다. 그저 그것뿐이었다. 그것뿐인 일이 있은 후, 넓은 세계를 돌아다니며 오랜 시간이 흘러 지나갔다.

그런데 지금도 덧없는 눈길로 허공을 좇는 버릇은 멎지 않고 여전히 깊어만 가고 있다.

개구리

아침, 집 앞 도로 위에 개구리가 차에 깔려 죽어 있었다. 내장이 터져 파리가 들끓고 있었다. 이튿날 아침에 보니 개구리는 벌써 전병이 되어 지면에 납작하게 달라붙어 있었다. 그로부터 며칠이 지나 마음에 걸려 그곳에 나가보니 이미 아무것도 없고 그 위치조차 확실치 않았다.

어느 비 내리는 밤, 끊임없이 울어대는 개구리 소리에 잠이 깨어 희미한 불빛에 떠 있는 흰 캔버스를 멍하니 바라보며 밤을 새웠다. 그런 일이 있은 후부터인가 이따금 까닭도 없이 한밤중에 일어나 우두커니 흰 캔버스를 바라보는 버릇이 생겼다.

일기日記에서

흐린 하늘 아래, 휑그렁한 오후의 마당가에서, 우두커니 낮 닭이 울고 있다. 아무것도 손에 잡히지 않아 아틀리에를 어슬 렁거리는 동안에 또 하루가 지나간다.

풍족한 나라에서 사는 데 익숙해져 집에서는 가족들과 히죽 히죽, 시내에 나가서는 화랑이다 술집이다 껄렁이며 보내는 나 날. 캔버스를 마주해도 그림다운 그림 한 장 못 그리고, 가슴 속에 휑하니 공동空洞이 퍼져갈 뿐이다.

텔레비전을 켜니, 아득한 텐산〔天山〕 산맥을 넘어 모래바람 휘몰아치는 폐도廢都를 지나는 긴 여행자들의 행렬이 비친다. 실크로드…… 의지가 있고 꿈이 있고 물음이 있고, 그리고 삶 이 있고 죽음이 있다. 나의 나날에서는 너무나 먼 장엄한 세계 다.

무엇 하나 달라질 것 없는, 일상의 수렁 속에 푹 잠겨 도대체 어떤 목숨을 건 꿈을 그린단 말인가. 마당에 나가 문득 발밑을 내려다보니 작은 개미들의 무리가 어디에서 어디로 무얼 하러 가는지, 장대한 행렬을 지어 흔들리고 있다. 개미들에게도 실 크로드가 있는 것일까. 별안간, 정체를 알 수 없는 광기가 치솟는다. 까닭도 없이 개미들의 행렬을 수라장으로 짓밟고 또 짓밟고, 날뛰는 기분을 억누르며 아틀리에로 들어왔다.

커다란 흰 캔버스를 바라보고 있자니 왠지 오늘밤엔 격렬한 폭풍우가 불어칠 예감이 든다. 붓을 쥐고, 눈이 핑 돌 것 같은 독한 술이라도 들이켜며 홀연히 밤이 오는 것을 기다리기로 하자.

퍼포먼스

모두들 숨을 죽이고, 커다란 유리 위에 선 내가 퍼포먼스를 시작하는 것을 기다리고 있었다.

발밑을 떠받치고 있는 세계를 산산조각으로 깨 보이려고 마침내 무거운 돌을 머리 위로 높이 들어 올린다. 그러고는 힘껏 떨어뜨리는 순간, 바닥에 비친 자신의 얼굴을 보자, 양손은 아슬아슬하게 낙하를 막았다.

하지만 다음에 어떻게 해야 좋을지 엄두가 나지 않는다. 허리를 굽힌 채 부들부들 떨면서, 안고 있는 것을 필사적으로 떠받치고 있자니, 모르는 사이에 아찔아찔 오줌을 싸고 있었다.

모두의 박수 소리를 들으며 나는 유리 위에서 재처럼 사그라져가는 것이었다.

뉴욕의 지하철

정신이 아찔해질 것 같은 수많은 낙서들, 머리가 돌아버릴 듯한 냄새, 덤벼들 것인 양 짐승들의 무리……. 뉴욕의 지하철에는 어처구니없는 괴상한 공기가 소용돌이친다. 시멘트와 콜타르로 질척질척하게 쳐바른 캔버스로 가득 꾸며놓은 공간에는, 작가인 듯한 여자가 예리한 나이프인가 무언가로 얼굴과 몸을 갈기갈기 난도질하여 피투성이가 된 채 어슬렁거리고 있었다. 화랑에서 조금 전에 본 이런 화가의 퍼포먼스가 마치 지하철로 그대로 이어지고 있는 듯하다.

내게는 버거운 이 폭력과 광기로부터의 출구는 어디? 그러나 도망칠 수도 없어 필사적으로 그대로 지하철을 타고 있는데, 어느 틈에 전차는 내 신체 속을 내달리는 것이다. 어디서부터

인지 이 으스스한 선로가 내 안으로 이어져 있다. 아니나 다를 까, 옆에 있던 짐승이 거친 숨결로 뭐라고 소곤거리며 내게 입술을 포개와, 등골이 오싹해지고 오줌을 지렸다. 야릇하게도 공포는 이윽고 정체를 알 수 없는 엑스터시의 대하大河를 이룬 다. 이 흐름은 드디어 모든 것을 삼키고 마침내는 큰 해방의 바다에 이르러 넘친다.

평화로운 도쿄에서 작품을 하고 있노라면, 왜인지 이따금 그 불가해한 체험이 되살아난다. 그리고 내 짓거리는 헤아리기 힘든 몸짓의 색조를 띤다. 꽈―앙 하고 둔한 금속성의 소리를 내며, 내 안을 뉴욕의 지하철이 내달리는 것이다.

빌딩 공사장

나는 빌딩 공사장을 좋아한다.

대지 위에 커다란 쇠기둥을 세우고 그것들을 얽어매며 철 골조를 만들어간다. 이곳저곳에서 쾅, 콰―앙, 쾅, 하고 볼트를 박아 넣는 인부들의 망치 소리가 울리고, 때론 휘익 휙, 하고 세찬 바람이 지나간다. 쇠를 자르거니 잇거니 하는 산소의 파란 불꽃과 타는 냄새가 한층 그 광경을 생생하게 한다. 나는 새빨갛게 녹슨 철 골조를 따라, 아슬아슬한 발걸음으로 오르락내리락, 문득 멈춰 서서 심호흡도 한다.

인부들한테 혼이 나도 어린아이처럼 이유도 없이 기쁘다. 내가 놀고 있다기보다 공간 자체가 나긋나긋한 장난을 치며 놀고 있는 것이다. 빈터였을 때는 보이지 않았던 공간. 그것이 장중

한 철 골조에 의해 언저리에 희한한 긴장감을 자아내면서 나타나는 모습 없는 것. 그리고 철골 위를 뛰어다니는 내가 공간의 지복至福한 사자使者임을 안다.

하지만 이런 행복감은 오래 계속되지는 않는다. 일로 두세 달 외국 등지를 다니다 돌아오면, 이미 그곳에 공간은 없다. 녹슨 철골은 물론, 그 파란 불꽃도 산소 버너의 냄새도 없다. 있는 것은 바람도 피해 지나가는 두터운 벽. 아니, 불투명하고 거대한 물체의 존재가 공간을 대신하고 있다. 이 괴물 앞에서 나는 본능적으로 자신의 껍질을 닫아야만 한다.

이리하여 나는 또 다른 빌딩 공사장을 찾아다닐 수밖에 없게 된다.

무無의 바다

낮잠에서 깨어 바깥으로 눈길을 준다.

바람이 멎었나 싶더니 비도 그치고 마침내 태양이 마당에 가득하다.

거뭇거뭇한 흙냄새 자욱한 가운데, 돌과 철판으로 어우러진 조각이 선명하다. 초여름의 강한 햇살 탓일까. 널따랗게 물 고인 데가 볼수록 작아져간다. 눈을 감으니 뭔가가 사라져가는 기척이 있다. 재빠른 풍화風化의 소리다. 철판이 사각사각 삭아 앉고, 돌도 바삭바삭 증발을 서두른다. 아차 할 사이에 돌도 철판도 그리고 마당도 모두 사라져버렸다. 언제쯤인가 눈을 떴을 땐, 나는 무의 바닷속에 있다.

종환鐘幻

초겨울의 경주는 쓸쓸하다.

고분 근처의 밭에서 손바닥만 한 청동 종 조각을 주웠다. 천 수백 년은 된 것이리라. 종 조각이라고는 하지만 검푸르게 푸석푸석하니 다 썩어 가까스로 종의 일부임을 상상할 수 있을 뿐인 청동 녹 부스러기. 금방이라도 퍼석하고 으스러져버릴 것 같다. 진흙이 묻은 채로 살며시 손수건에 쌌다.

그날 저녁 무렵, 호텔에서 창문을 조금 열고 멍하니 차를 홀짝이고 있으려니 싸늘한 바람과 함께 어디선가 무겁고 둔탁한 종소리가 울렸다. 몇만 광년의 아득한 우주에서 들려오는 듯한 불가사의의 보랏빛 음색이다. 창문 너머로 멀리 산들의 물결이 어둠 속에 잠겨가고, 헤아릴 수 없는 슬픔이 끝없이 복받쳐 올라왔다.

일본에 돌아와 가방에서 손수건 뭉치를 꺼내보고는 아연했다. 한 줌의 청동 녹 부스러기뿐이 아닌가. 종 조각은 산산이 부서져 그야말로 종의 그림자도 형체도 찾아볼 수 없다. 하얀 접시에 담아놓고 물끄러미 바라보고 있자니, 마치 이미 먼 옛날에 죽은 자신의 재를 앞에 하고 있는 듯한 묘한 기분이다.

　한 줌의 검푸르스름한 청동 가루의 접시―, 어디를 가더라도 조용히 눈을 감으면 떠오르는 것. 그때마다, 그날 저녁 무렵 경주의 호텔 창가에서 들었던 종소리가 내 혼의 밑바닥에서 되살아난다.

대학생 시절

　대학생 시절, 강가에서 자갈 캐는 아르바이트를 한 적이 있다.
　점심시간이 되면 자갈을 캐고 있던 인부들은 일제히 삽을 들고 강으로 향한다. 그리고 흐르는 물에 진흙 투성이의 삽을 깨끗이 씻어서는 언저리의 자갈밭 위에 나란히 늘어놓는다. 밥을 먹는 동안 삽을 말려 가볍게 해서 새로운 기분으로 일에 임하기 위해서라고 한다. 가지런히 늘어선 삽은 일렁이는 수면과 함께 햇빛을 받아 반짝반짝 빛난다. 인부들과 노동과 삽이 연동連動하는 공간은 눈부시고 아름답게 빛나고 있었다.

　또 얼마가 지나 어떤 이를 만나러, 처음으로 신문사의 윤전기輪轉機실에 들어간 적이 있다.
　당시는 아직 인쇄기가 반전동식이었고 그나마 헐어빠져 둔탁하기 짝이 없는 것이었다. 기름이니 잉크 냄새가 진동하는 가운데, 몇 명인가의 직공들이 얼굴도 옷도 질퍽하게 더럽혀진 채로 기계를 닦고 있었다. 내가 아는 이도 그 한 명으로 콧노래를 흥얼거리며 걸레로 무아지경인 양 상대를 어루만지고 있었다. 망연히 그 모습을 바라보고 있던 나는 평소 기계를 멸시

해왔던 터라, 눈이 번쩍 뜨이는 느낌이 들었다. 검게 빛나는 윤기 도는 존재와, 새카만 직공의 숨결이 딱 들어맞고 있는 것이 아닌가. 기계며 인간이며 냄새며 기름이 노동에 의해 빚어낸 불가사의의 에로틱한 공간이 펼쳐져 있었다.

그로부터 세월이 흘러, 나는 화가가 되었다. 헤아릴 수 없이 많은 물감과 붓을 써왔다.

그리하여 무수히 그림을 그렸고, 그 일부는 다른 사람의 손에 넘어갔거나 미술관에 걸려 있기도 하다. 하지만, 아직도 일의 현장은 전쟁터처럼 아수라장이고, 맘에 들지 않는 작품들이 아틀리에를 채운다. 생각도 붓도 물감도 캔버스도 마냥 어긋나 움직이고, 그것들이 한자리에 어울렸다 해도 좀처럼 그럴싸한 그림이 되어주지는 않는다. 그 탓일까. 언제부턴가 나는 해지고 닳은 크고 작은 수두룩한 붓들을 손질해 늘어놓고 조용히 그것을 바라볼 때가 있다. 그러고는 그때의, 강가의 삽이나 윤전기실의 광경을 떠올리며 쓴웃음을 짓는 것이다.

목련

　언젠가 아는 분의 집에서 팔대산인八大山人의 「목련」도를 본적이 있다. 겨우 화첩 크기의 장방형 화선지에, 묵墨으로 단숨에 그린 단순한 그림이었다. 중앙 가까이에 가지 하나가 아래에서 위로 향해 달리고, 도중에 구부러져 오른쪽으로 비스듬히 뻗는다. 그리고 중심으로부터 왼쪽 아래 부근에 피기 시작한 한 송이 꽃잎과 오른쪽 윗부분 가지 끝에 꽃봉오리 하나. 그 외에는 손대지 않은 흰 공백이 펼쳐져 있다.

　넌지시 이 그림을 보고 있노라니, 화폭의 기운氣韻이 찡하고 몸으로 전해져온다. 적확한 필적筆跡이나 리드미컬한 필세筆勢 탓일까. 더 이상 덧붙이기도, 빼기도, 비끼기도 생각할 수 없다. 뭔가 절대적인 조화를 느끼지만 언어의 짜 맞추기와는 다른 살아 있는 것들의 우주다. 이 깊숙이 숨 쉬고 있는 그림을 연신 보고 있던 나는, 한순간 정신이 들자 그곳으로부터 빠져나와 곧바로 집으로 돌아왔다.

　그리고 지금 만발한 마당의 목련에 눈길을 주었다. 한동안 바라보고 있노라니 무수한 가지와 꽃잎들 사이에서 불가사의한 질서가 생겨나고, 언저리의 영역이 선명하게 열린다. 주위의 감나무나 소나무나 그 외 갖가지 사물들 또한, 이 열린 공간의 뼈대로서 생생하게 호흡하고 있는 듯이 보인다. 모든 게 있는 그대로 있고, 둘러보니 나는 여백이다.

그로부터 몇 년이 지난 봄, 제작이 뜻대로 되지 않아 침울해 있던 나는, 문득 마당에 있는 목련이 마음에 걸렸다. 해 질 녘 마당에 나오니, 아름다운 목련은커녕 난잡하게 뻗은 나뭇가지들과 시든 꽃들 외엔 보이는 것이 없다. 거기에 우악스럽게 우뚝 서 있는 불투명한 현실이, 반대로 나를 쏘아보고 있다. 다른 나무들이나 갖가지 사물들 또한 제멋대로 떠들어대고 노골적으로 내게 육박해왔다.

　내게 보는 힘이 약해져서 시선에 거부의 징후가 나타난 것일까. 아니면 외계外界가 스스로를 닫아버려, 나의 환상이 내쫓긴 것인가. 아니, 나는 요즘 나만의 그림 속에 지나치게 틀어박혀 있었던 것인지도 모른다. 필경 세계로부터 내가 떠버린 것임에 틀림없다. 하룻밤 내내 팔대산인의 「목련」을 떠올리면서 날이 밝기를 기다렸다.

　언젠가 아는 분의 집에서 팔대산인의 「목련」도를 본 적이 있다. 겨우 화첩 크기의 장방형 화선지에, 묵墨으로 단숨에 그린 단순한 그림이었다. 중앙 가까이에 가지 하나가 아래에서 위로 향해 달리고, 도중에 구부러져 오른쪽으로 비스듬히 뻗는다. 그리고 중심으로부터 왼쪽 아래 부근에 피기 시작한 한 송이 꽃잎과 오른쪽 윗부분 가지 끝에 꽃봉오리 하나. 그 외에는 손대지 않은 흰 공백이 펼쳐져 있다.

제4부

발뒤꿈치 밑

1970~1984년

등 1

둑에서 할아버지는
커다란 강을 향해
아무 말 없이 우뚝 서 계셨다
왜 그런지 슬픈 등을
나는 숨을 죽여 쳐다보고 있었다

오랜 여행 끝에
어쩌다 둑에 서니
투명해진 할아버지의 등과
내 그것이 서로 겹쳐지고
커다랗게 흐르는 강이 보인다

둑에 서서
강을 바라보고 있자니
뒤에서 누군가 이쪽을 보고 있다
내 등은 보이는가
그것은 슬픈가 덧없는가

파편 3

뒷산에서 주운
도토리 조약돌 새 깃털 나무껍질 매미 허물

거리에서 주운
병뚜껑 건전지 의치 주삿바늘

책상 위에 늘어놓아보건만
무언가 모자라 모양새를 이루지 않는다

아, 하나 더 필요한 것은
거기에 내가 비집고 들어가는 것인가?

하나 너무도 날비린내 나는
기묘한 완벽 과잉의 존재

책상 위의 것들을 바라보며
한 개의 파편이 되는 날을 생각한다

한동안 하늘을 바라보고

한동안 하늘을 바라보고 나서
그대를 보거나
책을 보고 나무를 보면
모두 하늘색이다

잠시 후 다시 하늘을 바라보면
그대가 보이고
책이 보이고 나무가 보이고
모두 자신들의 색깔이다

눈을 감고 생각해보건대
하늘의 색으로 사물을 보고
사물의 색으로 하늘을 보고 있는
나는 어떤 색인가

사랑

나는 그녀가 좋고
그녀는 내가 좋고

테이블을 마주하고
미소 지으며 식사를 한다.

포크와 나이프를 울리며
식사는 무아지경이 된다.

나는 그녀를 비우고
그녀는 나를 비운다.

식사가 끝났을 때 그녀와 나는
자리가 바뀌어 있다.

그녀는 그녀가 좋고
나는 내가 좋다.

붓

공중에 매달려
붓이 흔들리고 있다

단단한 막대기 밑에
부드러운 긴 털 뭉치

수많은 수상쩍은
글씨랑 그림을 잉태하고

그러고도 때를 기다리는
음란과 숭고의 여인

처음으로 그대를
손댄 이는 어디의 누구인가

산보 2

집을 나서서 아무 생각 없이 늘 다니는 코스로 걸음을 옮겼다. 한동안 걷다가 은연중에 슬쩍 뒤돌아보았지만 아무도 없다. 이럭저럭 완만한 길모퉁이에 접어들었을 때, 삼 년 전에 죽은 친구의 얼굴이 중천에 떠올랐다. 한숨을 쉬며 눈을 내리까니 오른켠 담장의 장미꽃에 까마귀가 자꾸만 키스를 하고 있다. 키득키득 웃음이 멎지 않아 그만 뛰거니 뒤뚱거리니 히죽이는데, 바구니를 손에 든 이웃집 아주머니가 맞은편에서 나타났다. 얼떨결에 걸음을 멈추고 인사를 했지만 얼굴이 벌게져서 묵묵히 지나쳐 간다. 그 뒤를 보니 당근, 어묵, 모시조개, 조약돌이 차례로 떨어져 있다. 무언가 생각해내지 않으면 하고 초조해져 오줌을 쌀 것 같은. 고개를 떨구며 걸음을 재촉하자 별안간 절 종소리가 울렸다. 퍼뜩 정신을 차려보니 이미 집을 지나쳐서 아까 걷던 길을 또다시 가고 있었다.

산보 1

산보를 나오면 나는 장님이 된다.

다리는 거리의 골목을 걷고 있지만 머리는 보이지 않는 하늘을 난다.

상념의 날개로 나는 하늘은 내면 공간이므로 그곳엔 눈이 필요치 않다.

그런데 이 보이지 않는 하늘은

의식의 절정에서 돌연 외계와 서로 겹쳐질 때가 있고

그 순간 발길이 멈추고 눈이 트이는 것이다.

그때 나는 처음으로 세계와 만난다.

나무가 있고 집이 있고 사람이 있고 공기가 있고…….
모든 것이 있는 그대로 있는 것을 본다.
그러므로 날지 않고 다리도 머리도 세계도 모두 함께 거기에
있다.

하지만 왜인지 다음 순간 나는 다시금 장님이 된다.
다리는 멋대로 걷고 머리는 내면의 하늘을 날기 시작한다.
그리고 상념의 날개가 끝내 지쳐버리면
장님인 나는 느닷없이 외계에 부딪쳐 추락사한다.
그러므로 나의 산보는 언제나 결사적이다.

횡단보도

빨강 불이라, 질주하는 자동차 행렬을 보면서 초조하게 기다리고 있으려니, 어느샌가 또 하나의 내가 맞은편으로 건너가 여기에 있는 나를 자꾸만 부르고 있다.

드디어 신호가 파랑으로 바뀌어, 서둘러 횡단보도를 건넜지만, 거기에 또 하나의 나는 보이지 않고, 그렇다고 해서 지금 여기에 있는 것이 나 자신이라는 생각이 들지 않는다.

발걸음을 앞으로 내디디며 문득 마음에 걸려 뒤돌아보니, 어찌 된 일인지 또 하나의 내가, 조금 전의 신호등 건너편에서, 멍하니 하늘을 바라보고 있는 것이 아닌가.

터트림

그곳의 돌이나 나무가 빛을 받아
희한한 판 벌림으로 비쳤을 때
빛 속에서 나도 이미
사건에 말려들어 있었다

더 이상 나는 나라고 할 수 없고
대상對象을 본 자가 아니라
그 한판에 구성되어 있었다

공범 관계의 현실에
거부의 말조차 잃어버리고
장소의 역학을 살고 있었다

돌과 나무와 대지와 빛과 나와
아무 일도 일어나지 않은 터트림으로
모든 것이 있는 그대로
희한한 공간이 열려 있었다

발뒤꿈치 밑

조금만 발끝을 세우고
앞을 넘어다보렴
천국이 보인다네

가경의 문턱은
발뒤꿈치 밑에

부활

친구 집을 방문할 때마다, 그는 차와 센베이를 내왔었다. 둘이서 차를 마시며 이야기를 나누고, 그리고 같이 센베이를 깨물었다.

차를 홀짝거리는 소리와 도란거리는 소리와 센베이가 부스러지는 소리가 앙상블을 이루며, 서로 마주 앉은 테이블의 공간을 가득 채웠다.

친구가 죽고 한동안 혼자서 차를 마셨는데, 어느 결에 정신을 차리고 보니, 집에 손님이 올 때마다 나는 차와 센베이를 내놓고 있었다.

나와 손님은 마주 앉아, 차를 홀짝거리며 자근자근 이야기를 나누고, 그리고 센베이를 바삭바삭 베어 먹으면서, 테이블 공간을 가득 채우고 있는 것이다.

무제無題 1

싸 올려도
쌓아 올려도
흔적도 없는
진흙의 수렁

기도해도
염불을 외워도
사라지지 않는
창공蒼空

이런 세상에 있어
울어야 하나
웃어야 하나
이 사람아

거리에서

거리에서는 가끔, 빨간 데모대와 검은 경찰대가 벌이는 공방전의 명장면이 펼쳐진다. 이 마주 겨룸이 약간의 룰과 연극성을 가지고 성립한다는 것은, 그것이 시민들에게 보여야 한다는 양해 사항이라는 것이다. 하지만 아무리 공개적인 세리머니라 할지라도, 기세가 절정에 다다름에 따라, 마침내는 명분이라든지 보이는 것임을 넘어서, 이를 데 없는 아수라장으로 변한다. 이 순간 모든 것은 돌아버려, 보고 있는 자 또한 보이는 것들로 바뀌기 일쑤다.

어느 날, 나는 몇 명의 시민들과 큰 가로수 밑에 어울려 있었다. 관철과 저지를 둘러싸고 바로 눈앞에서 격해져가는 싸움질을 두근거리며 보고 있었다. 그러자 돌연 내 옆의 커다란 앞가슴을 풀어헤친 젊은 여자가, 무슨 영문인지 깔깔깔 웃어대기 시작했다. 그러고는, 해치워버려! 좀 더 좀 더! 하고 외치면서 주먹을 이리저리 휘두르며, 엉덩이로 내 하반신을 짓누른다. 그때 교전의 소용돌이는 해일처럼 나무 주위로까지 육박해오고, 순식간에 앞가슴을 풀어헤친 여자를 삼키며 저편으로 빠져나갔다.

나는 필사적으로 발끝을 세워, 아수라장 속에 그녀의 모습을 좇았지만 눈에 띄지 않는다. 어언간 데모대와 경찰대가 떠나가고, 길가에는 머리띠, 헬멧, 수첩, 안경, 단추, 지폐, 곤봉, 한 짝의 하얀 하이힐 등이 굴러다니고 있다. 그리고 가로수 아래 나 홀로. 사라진 그녀의 존재가 나를 사로잡자, 갑자기 오줌이 마려워졌다. 참을 수 없어 지퍼를 내렸지만, 황급히 다시 올리던 손에 음모가 한 오라기. 물끄러미 바라보고 있자니, 드디어 눈시울에 비가 내리기 시작했다.

제5부

유적

1959~1969년

번개

번쩍 열리고는 닫히는
한 순간의 왕국에 있었던 자여
어이하여 튕겨져 나왔는가

하늘에서 땅으로 울려 내닫는
퍼렇게 갈라진 금 자국을 본다

돌

— 돌아가신 아버님께

말 손발 다 묶여
분노를 억누르며
안으로 안으로 응어리지다

억년億年을 얼어붙어
풀리지 않는 한恨
천지에 차

폭풍으로 뒤짚히는 밤은
풍비박산을 빌며
고이 벼락을 기다리다

유적

광대한 시간 속에 떠 있는
별 조각처럼 아롱이는 결편欠片들

거부의 몸짓으로 밤에 안기며
먼 하늘을 꿈꾸는 죽어가는 자들이여

파편 2

상처는
사랑의 깊이인가
한 개의 파편이 되어
온전한 것보다도 크고
보이는 것보다도 보이고

그곳에 있으면서
이미 없고
아직도 없고

파편은
아픔을 견디는 일인가
기억의 바다에
내일의 바람이 불고
시간의 꿈이 나부낀다
애틋한 창문이여

아침

쓰다가 찢다가
온 하룻밤
종이 쓰레기와 해져버린 나

사막에 잔해가 반짝이는
아침

우산

비 오는 날에
우산을 쓰고 거니는 사람은
모두 고독하다

그건 비에
적시고프지 않은 작은 공간을
나르는 때이기 때문이다

자신도 그 공간에 들어가
빗속을
여기저기 저 너머로 장소를 옮긴다

사람이
투명한 유리 케이스처럼
자신을 가둔 채 걷고 싶어 하는 것은

우산 아래서
차가운 고독의
비에 젖고 싶기 때문이다

담배꽁초

해 질 녘 공원 벤치 앞에
즐비하게 담배꽁초가 떠 있었다

사람들 그림자 발자국 소리 나무들 흔들리고
별안간 구급차 사이렌이 울린다

담배꽁초 하나둘 깜박이더니
언저리를 느닷없이 어둠이 덮쳤다

대나무 또는 슬픔

대지 깊은 곳의 어둠을
마디마디 채워 흔들면서
위로 위로 들어 올려
나긋나긋하게 서 있는 자여

오 슬픔

의젓하고 시원스러이
천千의 손을 흔들흔들하며
주위의 공간을
푸르르게 물들이는 자여

세로와 가로

지면으로부터
죽순이 솟아났나 싶더니
쑤욱쑤욱 수직으로 뻗어간다
하늘을 향해 웃으며
위로 위로 올라간다

나는 마침내
지면을 향해 끄덕이며
신 나게 수평으로 뻗어나간다
저쪽 하늘에 닿을 때까지
앞으로 앞으로 달려간다

가을에서 겨울로

머리 위에서 무수히 낙엽들이 낙하한다
소리도 없이 공중에서 너울거리며
하늘하늘 아래로 아래로 떨어져 내린다

보라 이번엔 다른 잎사귀들이
발밑 깊은 곳에서 일렁거리며
아른아른 위로 위로 거슬러 오르지 않는가

끝없이 낙하한 것이
지면을 만들고
한없이 상승한 것이
하늘을 만든다

이윽고 하늘과 땅 사이에
광대한 공동空洞이 퍼졌을 때
나는 낙하도 상승도 못 한 채
거기에 떠 있다

아득한 대지와 하늘을 바라보며
홀로 기슭이 없는
무중력의 공간을 헤엄치고 있다

제6부

소년

1952~1956년

산길

가랑잎 우수수
산길 따라가면

굴참나무 밑
옹달샘 하나

목 축이던 아기 사슴
막 달아나고

도토리 한 톨
퐁당 떨어지네

소년

높은 포플러
꼭대기의 나뭇잎들이
빛을 받으며
한들 산들 나부끼고 있었다

그것을 바라보고 있던
어린 소년은
손가락 끝에 침을 묻혀

똑바로 팔을
하늘로 향해 뻗으면서
발끝을 세웠다

손가락 끝 아득한 곳에
바람이 멈춰
소년을 위로 위로
끌어 올리는 것이었다

산정山頂 1

산정에 서면
두 손을 벌리고 기다리세요

이윽고 하늘에서 바람이 오면
날개 치며 함께 오르세요

교정에서

교정의
높은 깃대가
바람에 흔들린다

공중에
우뚝 솟은 깃대 끝은
텅 비어

꽃을 보아도
책을 읽어도
가슴 두근거려

어느 날인가
깃대 끝에
펄럭이는 깃발이 된다

푸른 하늘 아래

푸른 하늘 아래
푸른 이끼의
높은 석탑을 돈다

돌다 지쳐
석탑과 마주하며
멈춰 서서 생각한다

어느 날인가
계속해서 달리는
나의 주위는 돈다

푸른 이끼의
석탑이 돈다
푸른 하늘이 돈다

어느 날인가
석탑과 나는
멈춰 나란히 선다

푸른 하늘 아래
거기 있는 것은
모두 자신을 돈다

달밤

달빛에 홀로 들판을 걸으면
멀리서 누군가가 나를 부른다

들판은 온통 은빛으로 빛나고
벌레들 울음소리는 바다처럼 넘친다

걸어도 걸어도 아무도 보이지 않고
풀숲에 달 내음이 미칠 것 같다

까닭도 없이 가슴은 터질 것 같아
들길에 멈춰 서서 눈을 감는다

누군가가 좋아해요 속삭여
눈을 뜨니 하늘의 달이 웃고 있다

거지의 담배

언제나 담배를 피우고 있는 거지
사람들로부터 얻어 피우거나
길거리에서 꽁초를 주워 피우거나
구걸을 하고 있을 때도
걷고 있을 때도 쉬고 있을 때도
담배를 피우고 있다

담배가 떨어지면
맨손으로 보이지 않는 담배를 피운다
맨손으로 피워도 맛있다는 얼굴로

입에서 코에서 연기를 내뿜는다
내게는 보이지 않지만
마을 사람들에게는 보인다고 한다

나는 가끔 거지처럼
맨손으로 담배를 피워본다
언젠가 나도 보이지 않는 담배로
맛있다는 얼굴이 되어
입에서 코에서 연기를 내뿜고 싶다
나는 거지가 되고 싶다

싸악싸악

산골짜기 작은 마을에서
아침에도 낮에도 저녁에도
쌀을 씻고 있던 어머니

콧노래 흥얼거리며 새 울음소리와 함께
할아버지의 호통치는 소리 속에서
변함없는 모습으로 싸악싸악

언제나 쌀만 씻고 있어
같은 일만 하는 게 뭐가 재미있어 물으면
저 나무가 매일 똑같아 보이느냐고 되물으며
어린 나를 바라보았다

산도 계곡도 없는 큰 도시에서
낯선 사람들에게 둘러싸여
빵을 베어 물며 책을 읽는 나날들

까닭도 없이 짜증스러워져
홀로 담배에 불을 붙이면
연기 속에 어머니의 얼굴이 떠오르고
어디선가 싸악싸악

창밖을 바라보면
오늘도 거기에 서 있는 나무는 새롭고
조용히 웃음이 피어 나온다

산과 바다

나는 보았다
산이 바다가 되고
바다가 산이 되는 것을

그때
나는 조용히
눈을 감고 있었다

눈을 뜨니
산은 산이 되고
바다는 바다가 되고

저자 후기

어쩌다가 시집을 내게 되어 기쁘기도 하고 부끄럽기도 하고 묘한 기분이다. 소년 시절부터 시 비슷한 것은 써왔지만 본업을 문학 아닌 다른 길을 택하게 되어 지금은 대부분의 시간을 미술 표현에 할애하고 있기 때문이다. 그래도 글쓰기를 좋아하는 탓인지 조금이라도 말의 맛[美味]이나 독기毒氣에 대하려 하다보면, 표현이 시적인 양상을 띠게 되곤 한다. 처음부터 시를 쓰려고 했다기보다는, 시각視覺에 관한 단문을 끄적거리다 보니 산문시풍의 것, 때로는 서정시풍의 것들이 쌓이게 된 것 같다.

한 일 년 반 전에 미술 잡론집雜論集을 준비하고 있었을 때, 분량 조정을 하는 과정에서 산문시풍의 글들이 너무도 많은 것을 발견하고, 일단 대부분을 제외시키게 되었다. 이들 또한 상당 분량인지라 이런저런 생각을 하다 보니 쓸데없는 일까지 생각하게 되었다고나 할까? 이미 출판된 책들, 카탈로그, 판화집, 화집 등에 실린 시 비슷한 것들을 긁어모아서 손을 보고, 여기에 미발표 노트에서 골라 온 것들을 추가해보았다. 그러자 하는 김에 고교 시절이랑 1956년 일본에 온 후 수년간 한국어로 쓴 것들을 일본어로 번역해보지 않고서는 견딜 수가 없었다. 언젠가 이런 이야기를 시인 다카하시 무쓰오〔高橋睦郎〕 씨에게 하게 되었고, 그 후 그것들을 보이게 되자 정중한 조언과 함께 출판사까지 소개해주어 시집으로서 빛을 보기에 이른 것이다.

　오랜 세월 미술을 전문으로 해온 탓인지 '눈길'에 관한 글들이 많다. 언어 자체의 내재적 전개보다도, 보는 것 속에서 일어나는 '터트림'을 언어화한 느낌이 현저하다. 고교 시절부터 최근까지의 '눈〔眼〕'의 편력을 시문풍詩文風의 글로 쓴 것이라고 바꾸어 말해도 좋을 것 같다. 다시 읽어보니, 젊은 날의 사념이 치열했던 눈에서, 점차 외계外界와의 양의적兩義的인 대화의 눈길로 변화되어온 듯이 느껴진다. 또한, 본다는 행위가 나 자신이 존재하는 곳에 대한 물음이거나, 인간 상대보다는 주위의 것들과의 대항이나 호응이거나 하기도 하다.

그런데, 안과 밖을 오가는 시선의 지속이나, 심화나, 보편화를 바라는 시도—언어의 몸짓이 쓰는 짓거리라고 한다면, 역시 시는 말 그 자체는 아닌 것이다. 아마도 내가 쓰고 있는 것은, 시를 불러일으키는 암시의 사인sign이거나 몸놀림과 같은 말에 지나지 않으리라. 그렇기에 보는 것, 읽는 것 속에서 시가 태어나기를 바란다. 쓴다는 것은 씌어지지 않은 것을 향한 끊임없는 호소이며, 읽는다는 것은 씌어지지 않은 것과의 만남을 재촉하는 것이었으면 한다.

지금 미술 표현에서는 20세기 초를 방불케 하는 혼돈과 재구축의 드라마가 들끓고 있다. 만들어진 것의 완결성·자주성을 깨부수고, 만들지 않은 외부, 불확정한 세계의 수동의 힘을 어떻게 받아들이는가? 이쪽으로부터와 저쪽으로부터의 상호적인 눈길의 다이너미즘에 새로운 표현의 차원을 보려 하고 있다. 눈에 있어서의 즉물적이고 불투명한 소재와의 마주함과는 달리, 추상성이 높은 언어의 외부성을 알아차리는 것은 지난至難하기 짝이 없는 일이라 여겨진다. 그러나 언어가 그 의미나 존재성보다, 표현의 중간항적인 매체로서 주목을 받는다고 한다면, 앞서 말한 사항과 무관하지는 않으리라.

두서없는 저자의 말을 들어주며 들쭉날쭉의 원고들을 정리해서 출판에 이르게 해준 스즈키 가즈타미 씨와 오이즈미 후미요 씨에게 감사를 표하고 싶다.

어쩌다가 미술이 본업이 되었지만, 소년 시절 시인이 되는 것이 꿈이었다. 뒤늦게나마 거주지인 일본에서 몇 년 전에 시집을 냈었고, 그 소문이 퍼져 이번에 한국에서 번역판을 선보이게 된 것이다.

고등학교 전후 한글로 썼던 시의 일부를 포함하여, 그 후 50년 가까이 일본에 살면서 그쪽 말로 써서 발표한 산문시풍 단시풍의 것이 주를 이룬다. 일부는 수필집 『시간의 여울』(디자인하우스, 2002)에도 실려 있다. 이번에 『멈춰 서서』(書肆山田, 2001) 전편을 성혜경 선생의 번역으로 모국에 소개하게 되어 감개가 깊다. 아니 큰 회고전만큼이나 기쁘다.

한국 시, 일본 시, 그리고 영국 시에 통달한 성혜경 선생의 신선하고 탄력성 있는 번역의 힘은 원시와 또 다른 발랄하고 여유 있는 시공간을 드러내 보인 것 같다. 번역의 과정에서 나의 의견을 아예 뜯어고친 부분도 있는데, 이것은 습기가 덜한 한국말에서 체득한 것으로 차후 일본 말의 원시도 손볼 생각이다.

이 년 전 미술 에세이집 『여백의 예술』을 현대문학사에서 번역 출판했었다. 그것이 인연이 되어 이번에도 양숙진 주간님의 열의와 배려에 의해 시집을 내게 되었음을 다시 감사드린다.

2004년 10월
이우환

역자 후기

　외국 문학을 전공한 사람이라면 누구나 한 번쯤은 번역에 대해 생각해보거나 번역을 해보고 싶다는 생각을 하게 될 것이다. 마음을 송두리째 사로잡는 작품을 만났을 때는 더욱 그러하다. 일본에서 유학하던 시절, 이우환 선생님의 에세이집 『時の震え』(『시간의 여울』이라는 제목으로 번역됨)를 처음 읽었을 때의 감동과 여운은 지금도 잊을 수가 없다. 세계적인 화가이며 조각가인 동시에 미술평론가인 이우환 선생님의 예술 세계는 물론이고, 재일 한국인으로서 일본과 한국을 바라보는 예리한 시각과 깊은 통찰, 유년 시절의 아련한 추억들, 그리고 잔잔한 일상들이 너무도 생생하면서도 섬세하고 품격이 느껴지는 일본어로 그려져 있었기 때문이다. 그때의 느낌은 경이로움 그 자체였다. 이 중 몇 편의 글들은 일본 국어 교과서에 실릴 정도로 이우환 선생님의 글은 일본에서 높은 평가를 받고 있으며,

미술평론집『여백의 예술』또한 미술계의 뛰어난 업적으로 정평이 나 있다.

　이우환 선생님의 첫 시집『멈춰 서서』에서는『시간의 여울』속의 주옥같은 작품들을 만날 수 있을 뿐 아니라,『여백의 예술』의 심오한 산문 세계가, 마치 광석에서 보석이 만들어지듯, 한 편의 시로 응축되어 새롭게 다가오는 신선함을 체험할 수 있다. 미술관에서, 또는 화집을 통해 만날 수 있었던 수많은 그림과 조각들이 어떤 원리에 의해 생성되었는지, 그 현장의 모습과 느낌과 색깔이 생생하게 전해지기도 하고, 사물을 응시하는 예술가의 '눈길'을 둘러싼 드라마가 눈앞에 펼쳐지기도 한다. 예술 행위에 대한 철학적 상념의 세계를 한동안 거닐다 보면 어느덧 시간을 거슬러 올라가 다감한 청년 시절에서 유년 시절의 순수한 동심의 세계로 이끌려가게 된다. 이우환 선생님의 예술 세계의 근원에 접하는 듯하여 더없이 친숙하고 따뜻하게 느껴진다.

『멈춰 서서』의 번역을 맡게 되었을 때의 조심스럽고 떨리던 마음이 지금도 생각난다. 번역은 말의 무게를 다는 것으로 저울의 한쪽에 저자의 말을 얹고 또 한쪽에는 번역어를 올려놓고 둘이 균형을 이룰 때까지 작업을 계속해나가는 것이라는 어느 번역가의 말을 되새기며 원시의 세계를 나름대로 옮겨보려고 노력해보았다. 그러나 한국어와 일본어의 미묘한 간격이나 어감의 차이를 메울 수 있는 적확한 표현이나 단어를 찾아내는 일은 쉽지 않았다. 결국은 가능한 한 원시에 충실한 직역에 가까운 번역을 하였고 여기에 이우환 선생님이 새로운 표현을 추가하기도 하고 바꾸기도 하여 지금의 모습으로 번역이 완성되었다. 독자들에게는 다소 생소한 표현이 있을 수 있으나 이는 시인이자 화가의 예리하고 철저한 언어 감각에서 비롯된 것으로 전적으로 선생님의 의견을 따르기로 했다. 번역을 하면서 참으로 많은 것을 느끼고 배울 수 있는 소중한 시간이었으며 이런 기회를 주신 이우환 선생님께 진심으로 감사드린다.

2004년 10월

성혜경

멈춰 서서

지은이 이우환
옮긴이 성혜경
펴낸이 김영정

초판 1쇄 펴낸날 2004년 11월 15일
초판 5쇄 펴낸날 2024년 9월 10일

펴낸곳 (주)현대문학
등록번호 제1-452호
주소 06532 서울시 서초구 신반포로 321 (잠원동, 미래엔)
전화 02-2017-0280
팩스 02-516-5433
홈페이지 www.hdmh.co.kr

ISBN 978-89-7275-295-0 03830